虫子、谷物，能吃的都是营养

当地站起来，地就是天

泛　　青

王纪峰
著

山西出版传媒集团
北岳文艺出版社
·太原·

图书在版编目(CIP)数据

泛青 / 王纪峰著. —太原：北岳文艺出版社，2024.7

ISBN 978-7-5378-6867-9

Ⅰ.①泛… Ⅱ.①王… Ⅲ.①诗集—中国—当代 Ⅳ.①I227

中国国家版本馆 CIP 数据核（2024）第 100084 号

泛青

王纪峰 / 著

//

出品人
郭文礼

选题策划
贾江涛

责任编辑
贾江涛

书籍设计
张永文

印装监制
郭　勇

出版发行：山西出版传媒集团·北岳文艺出版社
地　址：山西省太原市并州南路 57 号
邮　编：030012
电　话：0351-5628696（发行部）　0351-5628688（总编室）
传　真：0351-5628680
经销商：新华书店
印刷装订：山西新华印业有限公司
开本：890mm×1240mm　1/32
字数：145 千
印张：4.625
版次：2024 年 7 月第 1 版
印次：2024 年 7 月山西第 1 次印刷
书号：ISBN 978-7-5378-6867-9
定价：59.00 元

本书版权为本社独家所有，未经本社同意不得转载、摘编或复制

目录

辑一

003　挡不住泛青的脚步
005　旗语
006　多事的推土机
007　一道看不见的光
008　早春二月
010　命运
012　春夏之交
013　一滴雨的旅程
014　九峰山的银杏树
015　错爱
016　回茬地
017　谁说我不下蛋

018 雨

019 菊花节

020 痕迹

021 暖

022 自由

023 面具

024 静默

025 秋的缠绵

026 消融在冬季来临之前

027 收起你夜色的脸

032 生也得逢时

辑二

037 写给小雪

038 虚与实

040 蹲守

041 小巷的路灯

044 梦中的行囊

048 述职

050 剖析

052 喜鹊

054 二月里的雪

055 倒春寒

056 雨水的渴望

057 春的奏鸣

059 山火

061 清明

062 春夜

063 泡沫在夏日来临后退去

064 灰飞的生命将翻开新叶

065 永恒的味道

066 孤独的旅行

067 驮着夕阳走了一会儿

068 亮起桑榆之光

069 该是太阳出场的时候了

070 我想要的不过是善良

辑三

073 西侯度

074 明天的颜色

075 叫不醒的梦

076 鱼千里

077 不戴面具的酒宴

079 调色板及其他

080　皮是皮，馅是馅

082　走不散的影子

084　秋之莲

085　梦不只是一片叶子

086　在月光的风里

087　反刍

089　不知那杯子里装的什么

091　风陵渡

093　犯难的衣服

094　空气中有一点血腥味

095　天擦黑

097　点亮沿岸的灯

099　时光的笔墨

101　比阳光还迷人

102　船坞在哪里

辑四

107　沙漠的宇宙

108　周转房

111　黑影从背后飘过

113　当秋天被啄破了壳

115　起舞的红叶

116　翅的隐痛

118　桂花香

119　蓝天永远是翅膀的自由

120　河水瘦了

121　梧桐树下

122　扶起跌落的时光

124　从乌镇东栅走过

126　暖暖的小雪

127　雪人

128　星空

129　树梢上原来挂着一盏灯

130　古柏的意义

131　风

132　小餐馆

133　雪的梦

134　腊月雪

135　复活

辑一

挡不住泛青的脚步

大自然从容不迫
这边农机轰鸣摘东垦西
清扫每一处开过花的战场
把芬芳的硝烟
藏在山间的储备库

路旁、墙角、渠中淤泥
小花还在努力绽放
白萝卜、洋白菜竖起硕大的叶子
层层聚成绿色的旋涡
调皮地与季节捉着迷藏
越来越多的喜鹊飞上飞下
如同遍地的哨兵、侦察兵、传令兵
成群在地上叼啄
一会儿站立高处四处瞭望
突然又结伴向远处飞去

失去了果实的伴侣
所有的叶子仍在树上待命

土地照样在行动

玉米被抱回家之后

细茸茸像整容过后的田地

立刻兑现麦种泛青的梦

将一苗苗绿色的细镖

从从容容插满大片的回茬地

露出嫩嫩的、浅浅的笑容

赶在人们还没有看懂

秋的本质之前

旗语

哗啦啦,哗啦啦
是奔跑中的风语
但又不像,比它更有力量
是疾雨,密集而来
重重向万物冲去
中间还有风吹过
带有使命
又仿佛一团起伏的火焰
滚动,燃烧,升腾
释放出难以压抑的不屈
发出噼里啪啦的响声
显然,风没有闲着
说是翻滚的波涛
柔软得又欠点火候
也许是一支利剑
寒光霹雳闪过
成千的竹子应声扑倒

多事的推土机

实在看不过,大地
就这样一天比一天消瘦
雪花把自己的素裙系上了
山川草木的腰肢。暗处
吼叫着冲出一台黑色的铲车
谁让你多管闲事
白雪满眼的泪,微笑着
收走了自己蓝莹莹的光芒
孤独的田野留下了这台孤独的铲车
孤独地轰鸣

马路上,一台推土机
气势汹汹开了过来

一道看不见的光

清澈,山响,苦旅,风尘
刷尽随波逐流的混沌
一道看不见的光振翅
照亮飘落的云
写满小草与星星之间的
碰撞

早春二月

一

也许因为今年闰二月
春天的脚步走得这般艰难
杏花还是早早开了
冰雪变现的春色爬过季半
群羊尾随而来
榆钱努力画出绿色的圆
老槐树黑灰个脸
细数梧桐鼓出的嫩芽

二

急于成穗的文字扎在田野里
亢奋了高坡上的油菜花,蜂飞蝶舞
红唇斗艳的碧桃有别玫瑰
它的心思,是一夜梨树顿悟的告白

三

河水低语，缓缓流淌
哗啦啦，应和小鸟掠过时的鸣叫
似乎在等待，其实更像打赌
赌路边默立的树干，怎能沉得住气
对于它，也许不是迟来的复苏
而是最终的复活。暖暖春风
早已与它对话多时

四

太阳紧紧挽住急火的春
大地满园粉黛

命运

水湾感到很意外
像是集会。不知从哪里
突然涌来了这么多的鱼
鲤鱼,黑鱼,鲇鱼,金鱼
塞满了水域

朦胧的水面下
大小不等颜色各异的鱼
密密麻麻,围成一个色彩斑斓的圈
将一条个头、身形、颜色都堪作典范的金鱼
围在中间。紧接着
同类型的鱼分组,次第绕游三圈后分列两旁
一条大鱼咕嘟半天之后
那条静躺的鱼由两对大鲤鱼架着
游向水的深处

它已麻木,不知生死
如一块黑石向深渊坠逝
鳃中没有气息通过,鳍已固化

体表鳞片及躯干缚满绳索

水面平如镜

什么都没有发生

春夏之交

夜半,指节肿胀
像春的叹息,带不走
未能回生的枯枝

坐滩的破船
将赶潮的浪花堵在夏日门前

呼噜声中
麦穗醉于灌浆的混沌

雨在风中抽泣
等待夏日鼓起肚子
愈合一切忧伤

一滴雨的旅程

一滴雨的旅程
在枝叶上挽了一个结
立体的弧度,因透亮
看不出一丝臃肿

一阵轻风吹过,时光
在触地瞬间改写
生死之吻,是它留给大地
最后的礼物,湿湿的
都是它生命的分子

九峰山的银杏树

没去九峰山
努力想象着它的模样
走近它的身旁
它盖过了一座山

专家认为它是一块活化石
山民看它只是棵古老的大树
鸟儿说想与一个人高谈阔论,就去找它

吕祖恍然悬壶而来
山水间仙鹤飞过

错爱

云雨寂寞了好久
憋不住,一连阴了几天
缠着就要出阁的麦田

最惨的是旱地麦子
从头到脚被抱得肤色发灰
三分之一麦粒长出雀斑
麦芒发黑,麦芽
也长出细长的绿针

焦急的小鸟在树上乱叫
好在芒种前,阳光还是赶来了
国产的、进口的,本地的、外地的
近百台联合收割机齐聚田野
轰鸣声中,黑白苦辣皆入囊中
翻飞的履带绝尘而去

回茬地

河滩上,除了风四处流窜着
向四面发布着静默的信息
以及它沙哑干瘪的回声
就剩下陈老二承包地里收割的大合唱
望着归仓的玉米
满地狼藉的玉米秆凄凉自语
为什么这样着急断了我的活路
我还能感觉到大地的能量
我还要向太阳证明自己的成长
当突然发现丢落在地上的棒子
撕开的皮儿露出黑色的霉
似乎明白了主人的苦衷

谁说我不下蛋

一只老母鸡摇摇晃晃
被老乡的烧酒俘虏了心
咯哒咯哒，道不完
玉米，高粱，大豆，柿子
刚发酵新提纯的味道

雨

乌云趁机紧锁天门
抑制不住失落的苦痛
倚风蘸泪，嘶鸣呜咽
在大地上肆虐涂鸦
孤独却随心所欲
涂出枝折英落、碎叶飘飞
大城小镇田间山水挂满泪花令
直到天眼发赤
满世界涟涟雨珠泛起橘光
厚道的太阳伸出手掌

菊花节

一朵金色的花

绽放在梦的云端

像喷薄的霞

流光四射

刹那间,围绕它

一而二,二而四,四而八

不知道如何解读

痕迹

田野里的风疼爱花

兴奋地把带着花香的接力棒

交给小蜜蜂

上进的百灵鸟

用歌喉揉醉大家的心

山涧此起彼伏的鸟鸣

捕获翻飞的虫影

暖

一种温度从神经末梢
汇聚到心脏
所过之处,像一渠冬浇的水
漫过干涸枯萎的麦田
随着这缓缓流动的完成
如霜雪消融
透过冬日的苍白
映射在孩子红扑扑的脸上

自由

淹没人群中的我论及风雨
海燕的翅膀闪耀着共同的语言
谈翻越的山、跌过的跤
镜子相望,提炼防患于未然的良方
对善解人意的天使报以感恩
对暗中觊觎的陷阱怀以忧郁
慷慨共商终极答案
蝶化为一个没有选择的守望者

面具

错愕了牛头马面的乐趣
温润了诱饵,亮起了黑烛之光
撕下了唯我独尊
梦里留恋的画皮
吐出一个黑色的灵魂
迟到的觉悟无从逃避
横空倾倒的阴云猝不及防

静默

初霜握了一下公园的手
黯淡了花卉的光芒
住户的灯早早地亮了
延长着白日的疑问

秋的缠绵

冬躲在后山，蠢蠢欲动
向秋张开了冰冷的嘴
呼出的雾霜
让植物长出冻疮

树上零星的枯叶
流不尽绵秋的眼泪
户外、田间、山塬、河边
这漫山遍野的绿呀
向秋做最后的回眸

当朔风肆虐旷野
厚厚白雪轻轻覆盖身体的时候
除了偶尔在寒风中
让受过的伤透透气
其他大块大块的时间
你可否蛰伏于大地微温的唇边
静静聆听

消融在冬季来临之前

淘净不该游戏的游戏
你太极,它也太极
一个变种的荼毒
无意变成一块试金石
就想和你捉个黑色迷藏
掉进麻痹的陷阱
是道看不见光的墙

收起你夜色的脸

一

夜里,我与自己对话
与未画完白天句号的人对话
与大师和自己作品里的人物对话
与这个世界的万物对话
与一个无法回答的我对话
与一个不可思议的现实对话
不停地,研究不同颜色的灵魂
像着了魔,以为这是必须

你倔强着欲言又止的留白
似乎是要诱发人们庸俗惯性的认知
被低估了的众人都忙着系好自己的鞋带
用什么来复原你的想象
只好以你自个儿的素材装扮黑洞
白天负重的苦涩让你无言以对
你又久久掐着我的夜,死活不放
像躲在暗处的蝙蝠,带着

黑色的耳朵，比夜还黑的眼睛
竟容不下自己无端的猜疑
追逐幻觉中闪现的鼠影
暗影中走出一头变态的老母牛
永远挤不完难闻的黑色液汁
陪我入夜的不是白云，就是鲜花
还有崖边流不尽的瀑布
山鸡从浮尘中感觉眼前的空虚
让夜莺告诉你认知的盲区
你可知道什么叫开在潭上的云雾

二

龌龊的风
脏了不仅是一树叶子的脸
还有钻进枝节出不来的尘沙
乌鸦最喜欢听别人的笑话
花大姐虽小，也不屑与蚊虫对话
蹉跎了河的激情，还有浪花的絮语
倚着堤的门槛，缝补不完生活的碎片
夜啊，披着黑纱的白昼
是我天空的自由
白日里舞台堆满阳光，列队驰骋

是为了拉车赶套
唯有独立的深夜啊
来浇灌另一个带梦的自己
修补因白天耕田犁地快散了架的机器
因为卸下官签,君将不再
用夜的丝线缝制最漂亮的衣裳
脱掉头雁的羽毛
还是一匹惊艳的黑马
假如没有夜色的光帮忙
也许只剩下一个无人问津的衣架

三

白天的大盗,戴着黑色的头套
也可能长着夜色的胡子
说胡话的蝇子试图掀起大浪
梦游者收割了一地庄稼
看错了地界,踩错别人的田
还拿着夜漆涂黑别人的脸

接续白天没走完的路
一天说了一半的话
卸下面具,抓着灵魂重新洗涤

你有你大把黑夜中的美梦

请别再挤对他人透支自己生命的夜

小草甘愿俯身在树影下

叶子的生机,不仅以树龄论长短

以此作为善良的指数,也许更适合你

使命压得我彻夜难眠

黑咕咙里的你,请收起灰色的嘲笑

或许对你未来还有用

冰言冷语飞上天

落下,好遮盖你头顶上的荒凉

这里,除了挂在天际的明月

就再也没什么可以回给你

再也没什么能够回应你

四

白天掰成两半做酵母

夜的章节持续白天的冲锋

一篮子打尽节假日的自由

快进赶不上马蹄的疾飞

云朵正在向霞光集结

路上的小鸟

知趣地变着鸣叫的节奏

也想说上两句憋不住的贴心话

村口忙碌迎送的喇叭花
轻盈，雅致，简洁，大方
谁才配当兄弟
听听风中的花儿怎么说

生也得逢时

家里挂的还是老土日历
方便看节气算日子
那一天在牛家的眼里
日历变成了沉重的秤砣

只缘宝贝儿媳多年冷静
三世单传的牛家大妈
每天都要偷偷烧香磕头
经常暗暗叫人掐八字算卦
关公庙老柏树上挂着好几条
牛家祈福生子的红绸带

期望越鼓越圆
好不容易有喜的牛家媳妇
强烈的腹痛,撕心裂肺
一下子把人的心沉到了湖底
波浪似的疼了又疼
直到把大牛的脖子咬成了花脸

保生啊，也要撕开一条通道
带着七个月的梦幻
浑身流淌着家乡的花香
没看见大浪撞在暗礁上的刹那

辑二

写给小雪

剥开天空灰黑色的皮儿
地球一定浮在室外的阳光里
铁风般冷硬的犀利
不为别的,只为清场

半天拉着个阴沉沉的脸
只为挂上天寒地冻的幕布
白天急急插进夜的墨桶
溅得大街小巷都是
黑黑的,湿湿的,亮亮的
像伸出一只只期待的手

虚与实

环靶静静等待
如瞪着眼睛的老虎剪纸
目光颤抖着越过准星穿过风
秘书长夫人屏息扣动扳机
砰,铿锵出膛的快感
比身上的香水味还要浓

报告,十环
不会吧,胸口小猫还在乱抓呢
……
报告,十环
真神了,还没打来灵感啊
……
报告,十环
怎能错,报靶员一板一眼的

新购长裙叠加了十环的喜悦
看妈妈的神采,赛过明星
哈哈哈,摸着木桶腰

夫人把一串笑声甩给儿女
砰，用开枪的手势指着丈夫的鼻子
报告，十环

蹲守

拴牛桩子也累了
让脚步停下来歇歇
还记得那场铁锈病吗
锈叶捧起锈迹斑斑的果实
吹变形的风,久久蹲守地头
怀揣一个颜料袋子
试图把园林漂洗干净
不放弃,从来没有放弃
把一树树的色彩扶正

小巷的路灯

一

小巷穿越闹市区
蜿蜿蜒蜒了好几道弯
流淌不尽喧嚣的欲望
直到暮色点燃你的目光
照亮巷子的上上下下
才发现,这小巷
扬头,耸胸,丰臀,长腿
前凸后翘,清水出芙蓉
一夜风流的诱惑
让练夜摊的垂涎不已

二

夜有脉搏,那个风雪天
你被牛家小孙子
用弹弓打中脸,伤了眼睛
逛夜市的人们,跌跌撞撞

半天看不清回家的路
唯有树巢的鸟儿禁不住
哑然失笑，没想到
自己正飘摇在垂泪的夜空中

三

狗有灵性，把那一夜
咬了个透心凉，你纳闷
起先是牛家的狗在嚎
凄凉、哀怨，又极无奈
接着四邻诸狗才跟着泣吠
构成此起彼伏的悲犬大合唱
汪、汪、汪的尾声中
拖拉着长长的悲伤

四

第二天清晨的阳光
尚未唤醒你难忍的疲惫
疾驶而来的救护车
赶走了你所有的倦意
那个小牛竟被抬上了车

只因逃逸,他身上被狂犬咬了个洞
即使他愿意,也来不及
给撞残了的快递小哥补上一声道歉
七嘴八舌
听着听着,你睡着了

梦中的行囊

堆满建筑物像战后遗迹
水漫过大街小巷两边
好多旧房子被拆得七零八落
笼罩在蒙尘的月光中
不知不觉走进梦的城里

沿着挤扁了的巷道
通向一个后背受伤的房子
我们的行囊就放在那里
喧嚣蛙声刻下路标
回头,不知都躲到何处
一片聒噪的汪洋

当初,相伴出发
袋里有圆规、尺子、经纬仪
还有都爱听的歌谣
爬过一个又一个山头,直到
风的眼神跟嗓子一样变得生涩
似乎到了天涯

走过的地方长满小草
身边只剩下那群邻居家的羊
一切景色，隐没于
古盐道昏暗的马灯光里

曲折地寻找，路踩得发亮
跑过巷道雷同的房子
恍恍惚惚看见了他
如风铃摇摆，瞬间又不见了行踪
还有什么放心不下
也没必要毁坏那个行囊

怎能丢了那扇门
记着呢，是一扇朱红色的门
但经过废墟，转了一圈又一圈
就是不见那道门
像极了曾经住过的宿舍
最初为什么把东西放在那里
一切仿佛要从头开始
找不见了，就再翻一座山

碰见一个昔日很铁的同学
左右问不出一个字来，只管自己

哦,看见他在穿鞋子
穿了脱,脱了穿,反复了好几遍
投过燃烧的目光
想融化他一脸风干的表情
当年可是我
把他从失恋的绳套中解救出来
当我要握手的时候
他竟像窗外的小鸟,远远躲开了

一个人走着
后面跟着自己的影子
犹豫着,拿起电话
若举起一块永远沉默的石头

街上遇见好多陌生的熟人
风,比过去还要寒冷
天色差点就黑透了
整个世界灰白,像座
即将被海洋吞没的冰山

我在哪里
掉进一个黑的旋涡
想喊,喉咙如堵了的烟囱

一股逆流包围着我
挣扎着，想睁开眼睛
梦里找不见了
现实到哪里去找

突然发现天花板也是灰的
如梦中的天
该丢的，不该丢的
该保留的，不该保留的
一头该不该的雾水
压断梦中的路
奇怪的他，醒在了我的梦里
也许，淘一淘，风沙里定会淘出
我寻觅的行囊

述职

一年的穿梭
都织在述职的文字里
难以打结的句号
像个不甘心谢幕的因子
滚动着,旋转着
似乎想变成漫天的雪花
把毒刺吞噬在地沟里

风在林梢上咳嗽
南向的沟坡有点发热
小河显然有点困倦
瑟瑟发抖的浪花,总是
把述职句号画不潇洒

只有阳光趴到大家耳边
一个不少,挨个拍打
什么毒株不毒株,总是
躲在我们自身阴影里
拉开遮光的帘子

让我走进你的家门
就不信，给去年包袱
打不上最后一个结
前面春色正等着呢

大街小巷飘零的素衣
收起吊孝的灵牌
天地述职的时候
谁来主持

剖析

一

镜子依然挂在天上
我们总是躲在言辞的镜后
把粉饰的自己贴在上边
脸上黑痣竟开了花
可怜月亮落进小河
或清波沉玉,或碎银飘零
搅动不安的心

二

更多现实令人抱憾
除了彼此相似的眉毛胡子
看不见藏在眼中的光
到底孰明孰暗,一树
挂的都是躲躲闪闪

三

离不开四季流水
即使迷失了时光，也不会
失去青山。洗清其中
每一字每一句，就洗净了
腿上泥巴，将牛的脚力
用在通向未来的甬道，或许
也同时洗刷了朋友的混沌

四

飞的感觉最美，不只是
鸟的专利，神仙也不例外
大胆冲刷吧，别再藏着掖着
瞬时疾风暴雨，无异于
激光短暂冷疗的点射
你在哪儿，何以跻身蓝天
去触碰云端那朵不属于
自己的高洁

喜鹊

通往渡口的半路上
向右伸出一条上山的小道
像一棵大树长出斜枝
循着风中自由摇摆的喇叭花
沿途的芝麻田快长成了青纱帐
往前,惊叹还没有落地
却挂在路边的一棵树杈上

一棵筑巢的小树上
栖着一只喜鹊。它在鸟巢下
一动不动,对我不理不睬
突然,另一只喜鹊从巢中飞起
与巢下同伴没有丝毫拖泥带水
何以如此绝情,回答我的
是拂面而过风的无声

周围树木可否见证
它与归巢的夜撞个满怀

一个大雪天，我再去看它
树上只剩下那个窝。我有些后悔
当初不该让它孤独地留在空中
黑白色的箭何时射尽
微不足道的羽毛
何以暖了寒冬，把雪漂得更白
渐聚渐多的喜鹊似乎给了我答案
它们一边刨食，一边看着我
友善的目光被雪色放大

二月里的雪

小雨滴还没看清春的脸
就被破门而入的风雪吞了去
二月的雪,飘羽飞矢
朝我开着的窗户飞奔而来

被灯光点燃的雪花
扑扇着,轻抚我的肩头
还没来得及彼此端详
已难寻它的踪影

哦,我想我知道了
它的使命,它的心思

倒春寒

二月天，长风拉满弓
将春光射向千家的门楣
一场场咬尾的会议哟
梅兰竹菊，各有各的支脉
白帆，纤绳，螺旋桨，核动力
凝聚，融汇，播撒执念

细雨着意奔向田间
深情碧云还没赶到山林
有如伤春害秋的寒潮，卡在
岁月奔流的喉咙

雨水的渴望

大地的画廊没有尽头
总是赛着春天不慌不忙
努在桃树枝上的嫩芽
还不见绽放,宛如锁了
一冬就要憋坏的期待
湖面喜获自由,揽着岸景
忽视了风痕中急火攻心的萌动

枯黄的草根顶出绿色
春没停脚,只是
人们在寒风中待得太久
夜色下,也许大自然已将
首季出场彩排了多遍
惆怅的叶子从未放弃
渴望春光能够疗伤

公园里,几只喜鹊飞栖枝头
似乎竞相啄食残留的树籽
像极了麦田争抓虫子的那几只
四季冷暖仿佛与己无关

春的奏鸣

好些天,说春来时见亦难
人们掏空了生命的所有冬天
整日寻找它的影子
冰雪的泪还挂在风中
谁知,心已化作声声鸟鸣
轮回岁月找不见重复的光阴

隐约传来春天起跑的气息
小鸟终于啄破冬蛰的寂寞
街心杏树兴奋地扑了一脸粉
没想到春天脚步充满记忆
湖边桃枝爬满它羞涩的笑颜
萌芽、含苞,笑开芬芳
一树粉红色星空

湖水艳羡恋人缠绵的秋波
弄巧的新娘裁剪了更多暖阳
一些草木还在伴睡,满脸枯黄,伸出
暗灰枯槁的枝叶,像捣蛋的马

等待雷天醒木一拍,撒蹄儿就跑

柳笛还没吹响。咔嚓一声
两个大胆顽童一脸无邪
合力折断挡住他们踏青的枯枝
哦,难道他们要为春光清理门户

山火

一棵小树,就要到中条后山
荒坡安家。耐不住燥热的枯草
竟趁人不备,伸出火舌,舔着夜色
从张岭偷偷游走到古魏崖
两天两夜,无家可归的灰色阴魂
给这里的春山抹了一脸黑

一颗颗呼啸的催雨弹
又能撼动薄云几多泪水
逆风而上的扑火者,攀着春寒
将这满地浮火掐死在料峭的夜中
后山林子还等着春天做客、擘画

哪里钻出来个带火星的耗子
原来光伏电线老化得失去耐心
一发火,差点灼伤绿的衣袖
浓烟呛到山魂林主,一声咳嗽
惊了春暖中期待的人们

揩净黑灰色天空

叶已成灰的根,还在等待

一场浸透心肺的云语

清明

蒲公英——
感谢缘你而来的清明

春夜

夜幕下的小城
像个亮着灯的坟场
埋葬了白昼的喧嚣和浮尘

路灯下，雪松
静静站在自己的影子里
孤寂困倦席卷而来

橘光小店，举杯
喝下整个苦涩的大海
夜风伸出黑色胳膊
欲挽鲜花流香的脚步

走到春的尽头，角落里
那棵枯死的树枝
是否还要散发出亡灵般的气息

依稀传来几个醉汉的声音
部分解析了灵魂伤感的绽放

泡沫在夏日来临后退去

特地赶回来
为了春天最后一顿的团圆
斜刺里竟荡来一团冷风
谙世炎凉

以为火炉还在
何来冰言砸满桌头
平日里开在舌尖的笑脸
骤然淡去。裸露的萎缩凋零
找不见昨日的温情

倾倒曾经的呵护
心底的月亮,说没就没了
大树没倒,还没放苞的枝芽
已刺破了天,以为自己
看透天的模样

发抖的夏就
站在门外
万物退去了泡沫

灰飞的生命将翻开新叶

阳光下,扬起
季节的眉毛,从春天出发
绘出夏天的底色
迎着风雨,卷走瓜熟蒂落的秋
秃枝的法国梧桐,将灰褐色的
冬寒洒满一地

还未来得及
收藏这岁月的回眸
青烟升起
一场冰雪过后
灰飞的生命将翻开新叶

永恒的味道

刚从园子采摘的
刺多鲜绿的黄瓜
饱满深红的西红柿
地里挖出来的
带樱子的胡萝卜
长秧的粉色红薯
院子里电灯下的
剥下嫩须的玉米棒子
砸开外皮的棉花根
毒太阳底下生产队晒场的
连秆带穗碾打的新麦
摊成白云的新采棉花
调料加食盐蒸出来的白萝卜

孤独的旅行

窗外。田野、河流、山林
还有烟囱、桥梁,以及盘山的公路
高塔上凌空架起的高压线
宛如起伏的波涛,扑面而来
又流矢般擦肩飞过
唯有头顶上的蓝天白云
同步陪你冲向终点

就像儿时的夜晚,出了门
不论去哪儿,月亮总是悄悄跟着你
走过池塘,还能看到它跳出水面的分身
一切白日的喧嚣或狰狞,转眼也都
纷纷躲进月光的影子里

倾泻的雨滴肆意歪曲着窗外的景色
白云和月光不知道躲到哪儿去了

驮着夕阳走了一会儿

小鸟还没衔住落日余晖
归途就要切入地平线

在此之前,我驮着夕阳
走了好一会儿,透过后视镜
它温柔地燃烧着,连同
车侧反射的两张孪生笑脸
多么明亮,眨眼间
定格疾驶瞬间的永恒
扯起了归航桅杆

等最后一抹光入夜
融化了的翅膀,落进鸟巢
打开飞翔的灯光

亮起桑榆之光

院落渐入梦乡
渡上村的灯黯然伤神
摊在院子里新收的麦子
个个瘪着肚皮

隔着太阳
套在纸袋里的苹果
被果农紧紧扎住了封口
亮起桑榆之光

该是太阳出场的时候了

老天爷,你的委屈我懂
但说什么,也不能把后山的水给哭完了
盛夏还在后边
也许还有一场浩劫般的燃烧
必须等待一个恰当时分

我想要的不过是善良

听信了一粒种子的话
种出了狼尾巴草

而比起偌大的滩涂
一株狼尾巴草又算得了什么
清风追赶夜色
被月光冲洗过的伤口
是否能挨到春天

我想要的不过是善良
还有身边的这条河
以及它所在的这个星球

辑三

西侯度

你在掘,他在挖
只有泥土守着谜底

这火,可否感到
脚下冰冷的燃烧

孤独的酸枣在春天
吐露着熟透的心事

明天的颜色

驾着恻隐之心
穿越迷雾中的急流
只为了一个善良的承诺
却像被下了套的镖师
等赶到终点的山巅
才看到云端垂下来一张黑网
昏天暗地中鬼火闪烁
要么给我所要的
（你要踩死别人）
要么给你所不想要的
（我就要踩死你）
天哪，干瘪的眼泪后边竟是蜘蛛
还以为走的这趟镖是颗雪莲
何时将绵羊推向山崖下的黑锅
等待，等待夜色退去
不知道明天是什么样的颜色

叫不醒的梦

叫不醒他,也就
无法叫醒他做的梦
这都是因为,无法叫醒
躺在床上的他

叫醒了躺在床上的他
又如何能够确定
他醒在梦中,还是
正从梦中返回

谁也不愿意相信
漫天飞舞的雪花是
在苏醒的世间飘飞
太阳也假装什么都没看见

于是,有时候
他宁愿被捆绑着睡觉
生怕跌落在地,磕上了梦
让满地的雪花消失

鱼千里

幻想化作一条小鱼坠入水中
自由的灵动代替了沉重

斜刺里一根鱼竿
暗中偷窥，鱼钩伸出舌头的倒刺
卷起小鱼
他禁不住仰首高呼
回声的波纹抵达了争斗的旋涡
小鱼返回了它的意识
不知道危险
也不知道他的存在
继续摇头摆尾

不戴面具的酒宴

以为是某方面的泰斗
初见时,把眼睛瞪到最大
努力寻找他身上的星光
头顶上的灯有点亮

致辞了,他的声音
比聚在他身上的光要强
像落地南瓜的滚动

他走过来了,身板
如桌上的老窖一样直
寒暄,他跟他似乎很熟
握手,他与她会心地笑了
碰杯——其余的杯子纷纷举起
却没有等到那声
梦中清泉击黄钟的清脆

也许是错过节拍
只看见他后仰的下巴

配合着他的头部
把目光送过天花板之外
厚厚的玻璃杯底
把他嘴脸的局部弯曲成
路边的蚂蚁窝

一饮而尽,伴随着
玻璃被咬碎了的声音

调色板及其他

像一条未知的河床
不知交融着多少原色,构成无数
糖脂、蛋白质与维生素水、无机盐的组合
一旦被一笔一抹地扶上了岸
万物便踏上了生命的画布
黑白明暗,生死阴晴,刚柔繁简
似乎皆源于你,于是有了
以黄色点燃激情火焰的向日葵

皮是皮，馅是馅

伏沉七月
一切都被烧得焦灼
考过一道关翻过一座山
沿黄十公里的整治还在继续
等水浇地的人们站在冒烟的田间
午间的木槿花显得非常疲倦
一连几天了，农舍的三只母鸡
一共下了两个蛋

开锅的大暑
沸腾的热浪扑面而来
到时候了，一分钟也不能耽搁
皮是皮，馅是馅
皮韧筋道，馅实不虚
下好了，一个也不会破
耐心，再耐心一些
火候不到，再续一把
新生命即将诞生

知了叫不了多久

秋天已经蹲在城边地头

瓜熟何方，叶落何处

种子随风飘去

走不散的影子

你躲在云端
却没逃出我的诗行

路灯下,推车摆摊的
将长长的影子落在路边
买麻辣串、杂粮饼、煎饼馃子
就都站在这影子上
包括我的意识,没有参与
不影响星球照常运转

卖桃子的、卖豆腐脑的
彼此交换着吃起夜宵
朴素的物物交换,像交互投影
有如目前的国际贸易
国与国之间
本该如此

快到十字路口转弯的地方
似乎有人跟着,亦步亦趋

回头看时,却像鸟一样飞走了
慢慢停下脚步,终于抓住了尾随我的
四个影子——来自四个方向的光
前面的街灯把我拖得很长
侧面十字路口的灯光把我变得又短又暗
后上方的灯光把我身高打了好几个折
右边隔墙的灯光则把我推得很远
一步一组合,影子变成了旋转的风车
哪一个更像我,再向前走几步
走进了附近村庄的夜色里
我变成了星光的影子,而歌声
成了我的影子

其实,每一个喧嚣的夜
都躲在白昼后边,如同岁月的背面
远远近近,虚虚暗暗
网在光的影子里
在意识的瞳孔中缩放

秋之莲

远处的岸滩一片闪亮
像被河风烧开的锅,沸沸扬扬
多么漂亮,这开的什么花
走近一些,哦,这怎么可能
眼前晃动的是秋莲无边的败叶
秋之莲——让我联想起了她
毛茸茸的大灰手,举着无尽欲望
佝偻着萎缩扭曲的身子
拼命地晃动着空瘪的黑脑袋
在这后滩无人的地方招摇扭捏
这是她,一个被掏空的黑色
对,一定是她。不对,她又怎么
能跟开在心中的莲花相比呢

梦不只是一片叶子

走进一片森林

叶子,老虎,泥土,虫

都靠在大树上

装在大山的梦里

鸟鸣不歇气地追赶着绿色

穿过连绵的阴雨

浇湿的快乐长满青苔

不知深浅的小溪

误入夜的梦中

被落叶覆盖,瞬间

世界与它一起沦陷

在月光的风里

坐在七月马路边的石牙子上
身底下暖暖的,是白天留下的痕迹
任凉风轻拂衣衫,难得的惬意
裹住了脚步,不想往前再多走一步
今夜这里将看到七月的最后一刻
曾冷落了春的花蕊和妩媚,只仅仅
为了埋头所谓更急更重要的事情
怎忍心再让爬满青藤的季节悄然枯萎
抬起头,月亮正巧趴在梧桐树的双杈中
清柔柔地迎接我的目光
取景屏里:它远没有树两边的
两只街灯散发出的炫光拉得长些
隐隐听见满身银辉的晚风在说
再过一会儿,它们都会闭上疲倦的眼睛
繁忙的大街也要睡去,包括
忙碌一天的出租车司机;整个工矿路
就剩下你和我,我和你
一切将不会错过,不会因为
昨日的错过而错过

反刍

草垛里，蛐蛐差点叫破嗓子
也没拦住老牛蠕动的嘴巴
它厚实的唇，有节奏地
发出浅潮般的低吟，像反复
诉说着什么，我从没听清
是念叨有的地方还没来得及深耕
还是想嚼烂烦人的蛐蛐声
也许都是，它的嘴巴才嚼个不停
如发表演讲，越讲越投入
越有味道，却控制着，看不出张扬
除了嘴缝有一些沫液

突然，它使劲摇了摇头
以此驱逐扑向鼻脸的小蝇虫
仅此一瞬，它咬紧了牙根
停止了嘴的嚼动
片刻，随着嘴巴的启合
它又眯起眼，认真嚼了起来
这不是机械无聊坐守的梦

也不是天使无故特殊的惠赠
嘚嘚——驾、喔喔——吁。一切
都是从大黄牛嘴中嚼出来的

伸卷舌头,或犁或种或拉
都是一次风扫残云的进食吞咽
一有空,把反刍的草团
嚼得再碎再细,直到嚼出
更大牛劲,踩实通向田间的路
耐心汗水能酿出最甘醇的酒
带着满嘴浓浓青草味
耕出道道金光,是几经牛胃
磨研消化的佳作

不知那杯子里装的什么

我眯着眼,尽力将自己

舒展成一束羽毛,追逐着将瞬间

拉长,飘在空中,渐渐融化的感觉

我没有听到耳边过往的风声

我没有带降落的伞

我始终面朝上,看自己的心

如何飞上越来越远的蓝天,飞上

越来越远的蓝天之外

我是蓝天及其之外的祭品

我眼睁睁地看着自己穿过云朵

坠入黑洞般的梦里

我仿佛一粒尘埃,甚至不如一粒尘埃

我知道,一粒尘埃可以让一个人泪流不止

突然,我哆嗦了一下

我这会是真正地沦陷在梦里了

因为我分明听到了狗的叫声

我接着似乎把什么碰倒了,可能是杯子

那是由于我在梦中动了一下胳膊

再后来,我打了个激灵

睁开眼睛，什么也没有看见，又能看见什么呢
因为我一直很愚蠢：忽视了那只不知
是什么名的狗和不知道装着什么东西的杯子
以及它们之间的关联

风陵渡

夕阳隐去,凤凰咀下
两河交界的流水,局部
在桥下汇成一个巨大的旋涡
岸下的土台上蹲着
一对黑白相间的花猫
其中体型较大的一只,像个导师
半蹲着给另一只讲着什么
也许面授机宜,或传授秘籍
不受晚霞诱惑,也不关注路边过往
宛如守在岸边的两块石头
任河水渐流渐急,冲刷着河墩
发出一阵阵低沉的声音
将水中的星光一片片揉碎
对岸潼关城头上的灯火
点亮了两岸古今的夜
老渡口,远古风陵,郭襄
与杨过初相遇,三河交汇
这一切,仿佛都与它们无关
哦,它们有利齿、尖趾

和十分明亮的眼睛

它们锐利的叫声

能将夜刺出血来

而它们沉默，像石头

我足足观察了它们

三个小时

犯难的衣服

多么漂亮的一件衣服
放在市场最显眼的地方
一些人常常看着发呆
沉浸在臆想的幻觉快感中
甚至偷偷向它鞠躬
垂涎,依偎,自拍合照

它在人群中看到许多
心仪已久的人
像山像海像大树像飞鸟
它微笑着等待他们
为它系上第一粒扣子
它微笑着,等待

空气中有一点血腥味

一年又一年的蚊子
总是嘤嘤嗡嗡,嘤嘤嗡嗡
奏着黑色的哀乐,伺机发起进攻
以为自己针一样的毒嘴
可以扎死一头老牛,吸走灵魂
不知潮湿阴暗滋生出对血液的贪婪
使皮肤局部以曲线的形式
呈现的短暂痛痒,几乎可以忽视
如一丝带刺的风。玉米地里咬我左脚的
那一只,与河滩小路上叮我右脚的那一只
到底是什么关系:它们拍碎的肚子里
都是我身上流的血,我确定
那不是别人的,因为我几乎看见了
它丑而短稀的绒毛。我迈步,接着往前走
脚上没有任何感觉,除了空气中
有一点血腥味,那是我的血散发的

天擦黑

天擦黑
蚊子上来了
我开始往回走
把这位正在给玉米浇水的人
以及水流不断的哗啦声
留在了静静的河滩

就在五分钟前,他还在质疑
城里人为什么要到这黄河滩来
因为他不知道,也想不到
两年前,当我走近黄河
命运就将黄河注入了我的生命
我的精神已先于我的肉体融入黄河
这里流动着永不黯淡的波光
也许有一天,他会感觉到
流过地头的河水,含有某种气血
就在两分钟前,他还在谈到
宁愿辛苦浇地,也不愿意逢汛遭灾
因为他更想不到,如果有那一天

眼前的这个人也将挽着他
一同走过风雨和生死
他实在不能够想到
他刚收获的五亩黄桃
和眼前很快也将收获的玉米
换来的十几万元收入,是眼前
我一年的工资也要翻两番
他又怎么能想到他偏僻的庄稼地
一直还有暗暗关注的目光
而且不是一天两天,三天五天

天更黑了
蚊子叫声越来越大
但怎么也大不过浇地的水流声
今夜,喝饱了的田野在玉米诗行里
一定会长出更柔美的丝须

点亮沿岸的灯

我不明白,今年的夏季
这样收场算不算体面
几声干咳的雷鸣
几滴象征性的泪雨
带走些许路的滚烫和空气的灼热
却把大洪重涝及其隐忧
留在了不同地方

问秋,我能做点什么
在这里,夏还有什么遗漏
一闸管黑白,断了电的路灯看不清
晚上新村院门前纳凉人的脸
水走低,一届又一届
田村东头积雨成塘,呛人的
污水浸裂了农舍的墙壁
蚁穴匿于残垣,中基村的
废弃院落爬满隐患
朱、牛两家,比邻天涯
为个浇水管,从早到晚吵翻了天

满天星星点点,老汉诉说

侄子抱养的孩子到龄上学报不上名

谁在躺平,碾坏边的水渠

水汪汪地淌个不停

……

汛在哪里,点亮沿岸的灯

残忍的夏天,把水火留在了我的体内

加固、疏通、管线并网,零零碎碎

世界无时无刻不需要缝缝补补

堤上、伞下,升起了无恙的秋月

好多末节毛细,让走过的季

将一切统统带走,包括影子

一起统统带走

时光的笔墨

小时候没上过山,以为
一生写部书就算登上了峰巅
后来将山川搬到了诗行
如同童年把黄河当作一道道
闪耀在天边的金光
如今像河边的一棵垂柳
能够经常看到自己的倒影

太阳在云间穿行
断断续续,时亮时暗
沿途跟行了好久
直到驶入十二分钟的隧道
直到晚上,月亮
接续在朦胧中穿行
磕磕绊绊,时强时弱
沿岸小路继续跟行
直到岔口仰起头
我伸出双臂
明亮的清辉拥抱了我

要带走我的又一部诗集
未跟我商量,不多说一个字
只说:时光匆匆,含着你的笔墨

比阳光还迷人

父亲生性不爱说话
像他手中的泥土,只是在默默中
被变成墙、变成砖、变成瓦
或长出小麦、玉米、高粱和棉花
而他现在真正地变成了一抔黄土
以及坟前愈长愈苍翠的松柏
陪伴他的是我的记忆、寂寞的风
还有他生前最亲近的跟屁虫——
一个叫赛狼的狗

父亲过世没几天
孤独的赛狼紧跟着去了
而当所有时光落满尘土
我也会像他今天一样

船坞在哪里

彼蛋，仅蹭破点外皮
还没挨过二十天，就被
钻过壳内薄膜的细菌全部攻陷
空中仿佛下起了硫酸雨
内疚忍不住眼中的泪：伤了
怎能放下，拖延何以芬芳
一切都是侥幸的过
坏了的鸡蛋亦发出临终哀怨
要不是……我的
清还是白的，黄也是纯的

此蛋，也磕破了点皮
却谁也拦不住，踩线过界
独自蜷缩在黑室的角落，任
蛋清长毛、蛋体塌陷，裂缝里
不时向外渗出霉黑的液体
终了，竟反咬阳光
为何把我放在这里这么久
清风哭笑不得：哪有一味弃白爱黑的

原以为你能走出自缚的壳

甚至孵出一支羽毛

辑四

沙漠的宇宙

听见了下雨声
拉开帘子,世界果然在雨中
树枝在风中摇晃
雨水握住了每片叶子的手
地都湿了,云勾着了它的影子
这就是窗外的一切

缱绻的天,与缱绻雨中的
树叶、小草、马路及缱绻伞下的人
还有缱绻岭上的那块山药地
雨水擦亮了人们的眼睛
有时,一滴也就够了
不知我的那一滴落到了哪儿
云很厚,也许属于我的那一滴还没
落下,我把地址留给了天空:海滨市
黄河大道南门十六巷二十一号

周转房

每一位新来的人进门
它都要关注他是否关注窗外的街道
及其四处延伸的一千多平方公里的山野
和一条蜿蜒曲折的大河
因为：它与它居住对象很相似
——有资源但不得寻租
主人走马灯，而它属于这里
总期待遇见能够把这个地方放在心上的人
前些天，他的上一个住户走了
带着他墙上的字画、房间的健身器材
音响、投影仪，还有黑胡桃茶具
还有他双胞胎孩子最爱玩的气球也飞走了
他在这里仅仅待了一年半
一年半之后，除了口才、酒量很好以外
关于他，它什么也想不起来了
而今另一个他来了，如回到家
像一个落地的实心球，砸在心上
房间什么都没有动、没有贴
家具还是旧家具，茶具面板还是活的

由此，它感到了从来没有的光
即使深夜，书房的灯还是明亮的
它也由此喜欢上了书
喜欢书中字里行间投射出来的光
它也不再害怕半夜里电闪雷鸣
因为它看到了他笔下激荡在心中的电闪雷鸣
和它平时害怕的窗外的电闪雷鸣
它不再为外面的雨电而焦虑
更惊奇的是，每当他烦躁疲倦焦虑
它看到他从他的诗行里走出来的时候
朝阳如洗，叶子陶醉在风中
所有字句都很善良，闪着低调的光
有如他的妻子。她很少来，即使来了
也是经常一个人到出门左拐弯的
面馆随便吃点。我能感觉到他内心的光
偶尔听到他的歌唱。让人惊奇
那都是它最想听的歌和歌声

它不习惯别处：平时甚至听不见
家具挪动的声音，也很少有咳嗽声
天黑了好半天，没灯
或者，灯整晚亮着不见人
直到晨曦赶来

也许偶尔整几个下酒菜

烦了再打打牌，或让微信响个不停

只知道他下班后要赶着读和写

直到他站起来，仿佛充了电

黑影从背后飘过

琴弓搭在浓浓的夜色里
呜咽着凉风

昨日仙境
悄然被云雾抱走
长凳落寞,走过来
两个只知道谈诗的人
打破了它的宁静和
短暂的孤独
一个年长的在讲
车轮不时滚过
另一个在听
期待车轮再次滚过

一个说,预报两个小时后下雨
另一个说,赶在两个小时前回家
说这话时,他已感到
暗流已朝他袭来
淹至了他的膝盖,冰凉得扎心

他的伙伴并不知道,也无从体会

因为他,一直站在岸边

当秋天被啄破了壳

当秋天被时令啄破了壳
抱穗的玉米捋着棕色胡子
成片成片兴奋地挺立在田野上
撑破穗皮,一粒粒饱满地
像瞪着金色的眼睛

刹那,站在地头的老刘
又仿佛看到回茬前黯淡的麦田
一颗颗麦粒沦为发霉的念珠
左右唤不来夏日的炽爱
滴线的阴雨,绊倒了
最后冲刺的希望

这地啊,多像个魔术师
一前一后却生出不同的孩子
有如擦肩而过的列车
一个满载,一个一脸灰色

如夜一般沉默,他叹气

自己种了这么多年的庄稼
还是没有找到顺天应时利地的秘籍
老婆笑了,是灾躲不过,何必跟自己较劲
较劲?怎能让老天背黑锅
每苗庄稼可也都是一条条鲜活的生命
难怪他今年也给自家三亩菊花苗涂上了蜜
就是为了吸引专吃虫的金龟子
菊花也由此开得金贵

听着不成调的知了声
他眯着狡黠的眼睛问自己
补拙,不应该是秋色的线条吗
头顶传来通航飞机刚起航的轰鸣声
他的眉毛动了动,想到远在省城的孙子
以及那一个个玉米棒子煮熟后
鲜嫩的味道。他恨不得
马上飞起来

起舞的红叶

雨落水起
再次来到黄河边
数不清浪花带走多少目光
不舍、希冀和苦涩
当秋水流下最后一滴眼泪
也没有浸开粘连的诗笺
被堵在血管里的文字
是起舞的红叶
犹如满腹花粉的蜜蜂
翻飞中寻找归途
岸边，谁在等待大雨之后
清过淤的河床

翅的隐痛

执念的河流
挟裹着我一路奔跑
一个趔趄
云端,没有扶手
受伤的关节
拉长了与星辰距离
远方的专家
似乎揭开了痛的真相
新掘的隧道
驮起旋转的海天
春秋依然在公转中交替
颠簸的气流擦肩而过

看病的人来来去去
楼前的叶子花并不寂寞
一只玉带凤蝶翩然而至
空中嗡嗡嗡
悬停着一只蜂鸟鹰蛾
又黑又细的喙管

像长针一样

伸向五星花的蕊心

顷刻,又飞向另一朵

或前行或后退

旁若无人。抖动着的

也许是曾经受过伤的翅膀

桂花香

浓浓的,这烤甜的味道
缠绕着、牵引着我
偷偷藏在妻子的口袋
粘在手指手心
留连在街边公园里
连同江南中秋月一起
挂在深邃的天空

钟情于斯的花瓣
不只是为了花糕的点缀
一缕缕黏人的韵味
盆中何以种得下
一树律动着的南国容颜
吟唱着椭圆状的香
还未来得及品尝
亦将我的心挂在了桂花树上
微微拂动的雄蕊
像极了玉米顶上的花絮
此时,它正沉默于河岸的阴雨中
如桂香,渐渐将我吞没

蓝天永远是翅膀的自由

绿茸茸的草坪上,鸽子
不停地争抢着草坪中的食物
时紧时慢
伴随着游人的投食节奏时飞时落
多么恬静、安逸,如同我们眼前的生活
但有一只鸽子,不停地朝身后看
哦,那是一群土褐色的麻雀
难道它也听出了异于同类的振翅声
看着它们胆怯,却又执着
蹦蹦跳跳混迹于鸽子中间抢食的身影
那只鸽子一定是纳闷它们
竟把这里当成田园风光

河水瘦了

一

河水瘦了,依然匍匐在地
裸露的河床,定格了它

二

晾晒的玉米,活得通透
哪怕遭受过往车辆的碾压
一些棒子却还挂在空中,皮如铠甲
在阳光下孵化着霉的颗粒

三

一树沙沙沙的风
吹得秋在地上打了好几个滚
伏地,仰头,侧立
从树梢到树根,尘世躲在年轮里
落叶拉长了阳光的影子

梧桐树下

上海,树德里三百七十四号门前
那棵壮硕的法国梧桐树静静伫立着
脚下的土壤曾经像熔岩一样涌动
雷重的脚步声化作深深的根
眼前的这条街,似乎还记得昔日
过往的乞丐、脚夫、洋人
商富、巡警和混沌中的行色匆匆
五角叶震颤着它沉稳的心跳
墙上永恒誓言的字眼格外醒目
穿越城市缝隙的偌大树冠
将我的仰望刻上头顶那朵白云
与街道两旁一棵棵身着迷彩装的梧桐
一同触摸蓝天

扶起跌落的时光

时光,波光粼粼
像一阵风,从三月刮过
漫天的碎片不知从哪棵树上跌落
划过每只执牌的手

旋涡仿佛要吃掉大河
掌起灯,白天似乎喘不过气来
躺平的夜闪着黑色的光芒
酿孵着羞辱阳光的故事

都说这里的山装着仙气
每天到河边搜寻那朵渡人的浪花
波光粼粼,漂浮着几根稻草
追逐着翅膀的影子

摇呀摇,倚着生活之墙
剥开每一瓣,走过夏日的烈焰
捡起灰烬中难以窒息的心跳声
将浸不坏的时光交给秋风

有人已在树下等了很久很久
牌大牌小,满眼的落叶
太阳月亮帮我选一选,看哪一片
叶子留下了时光

从乌镇东栅走过

倚水阁,拥着樟香
从河边轻轻走过
对面客栈小背篓的笛声
像柳絮拂过,醉了坛中的三白酒
揉皱脚下淹没水中的千年石阶

高个短发的吹笛人
倒像个渔夫,一遍遍撒网
垂钓着秋月春风
盖过老街青石板上的足音
将新的音符贴在小镇的额头

凭栏扭动的蓝花旗袍
惹得桥下追影的鱼儿为之癫狂
穿行的咬尾小船
和着年长艄公长橹的节奏
不断诉说着过往的繁华

透过元式的窗棂,昔日的主人

依稀从商海中走来
屋底的石柱子,饱经尘烟
俯首如桨,把根牢牢扎在水中
默默划出江南的流年

暖暖的小雪

小雪了,天空露出略带忧伤的面容
没人理会还沉浸在对面广场的歌舞喧嚣
滞留小城的阴霾像走失了的灰色小猫
一场重感冒,秋天的眼神
还是不忍从银杏树的枝叶上移开
桃叶晒干仅够小户家的羊吃上半冬
秋黄的寒意,从不安的芦苇身上掠过
凋零的河滩与空中的云一样忧伤
芦雪飘曳,挺起旷野中的卑微

雪人

一个无辜的眼神飘过
像雪人。之前所有的客气
似乎顷刻坍塌,瞬间蒸发
或雪崩般坠落崖底
看不出山体的异动
串联了折射的回声
抑或麻木于风向、湿热度的传感
以致面纱落去,净是荒凉
从磁场到电流感应
需要多少次导体的切割
不是所有的七星连起来都是北斗
明静的心湖等待天鸟再次飞过

莫名的冷气流低垂不已
冷眼中,搬石筑堤的人正迎着风雪
含笑嚼冰,揣着火继续奔忙
似乎懵懵懂懂地看了一眼
这面前懵懵懂懂的世界
尴尬于顾了这座山
无奈,疏远了那一座山

星空

不安的星空,难得听到
及时沉静的提醒;阴冷的气流
随时都想束住苦旅的羽翼
在北斗的风里,不知留下了多少
追寻和折戟云雾的迷失
藏在壳里,躲不过星球的旋转
承载流星记忆的,也许是
一粒粒化作灰烬的浮尘。燃烧吧
不要让荒凉爬上长夜的脊梁
要当勇士,先从自我膜拜开始
这不是可怜的自尊,因为抛向宇宙的
寒夜,注定是一个孤独的严冬
结疤的恶冰虽暗结成河
霞光已从山巅走来

树梢上原来挂着一盏灯

你深深地掉入那坑
树当初都是你与大家一起植的
而今这坑里长满芦苇和狗尾巴草
摇晃着,掩饰着内心的虚荣和不安
暗淡了的林园子都惊诧于他
何时谙熟于移花接木

走进以前探访过的老屋
屋檐下跟过去一样挂满辣椒
火辣辣的,还有小鸟啄过的痕迹
师傅,下雨了,快到檐下避避
阴沉着的天终于忍不住了
屋檐,屋檐,我的屋檐在哪儿呢
你胸口有点发麻

古柏的意义

与这寺明显不同的地方
在于你的呼吸,似乎
也讨厌那栅栏,竟想关住你的千年
脚下不远处扬水泵房的
机器高速旋转声,赶走了你的寂寞
我的思虑,夜莺般拨弄你的枝叶
在没有光陪伴的夜里
挽着你的深沉
一站就是几千年

风

一路赶着,匆匆掠过
天际,原野,山川,村庄
直到看见人烟灯火,多想歇会脚
哪怕蜷缩在城市的某个角落
而行人纷纷向你竖起了严冬的领子
你默立街道尽头,仿佛
一条被主人遗弃了的小狗
人们只注意到山顶风车的转动
却漠视了你飞絮传春,穿过
盛夏门窗的多情和不懈

侧耳,独闻地籁,万窍怒号
春的飒飒,秋的瑟瑟,构成你穿行的轨迹
像针、像羽毛、像汹涌的狂涛
高低起伏,难寻片刻的平衡和宁静
看见了帆影,那应该是你的光

小餐馆

大清早,隔着
流泪的玻璃,只见他在餐馆
一手举起杯子,一边打开啤酒瓶
摇摇晃晃,摇摇晃晃
满杯吐着的泡沫
被满腹心思的他一口口给吞没了
有如窗外清一色的飞雪
白肤白骨白血,还有白色的灵魂
纷纷投入大地怀抱,难解难分
餐馆内玻璃上的泪滴更大了
那个大清早举着酒瓶的人
目光里的雪花都成了泪
滴在手中的杯里

雪的梦

一帘雪花悄然而至
依旧遮掩不了赤身的大地
失眠还在头颅里打转
分不清远近的群犬已开始咆哮
似乎要扑向黎明,不是争着
捕捉太阳,而是拼命撕咬
白雪描绘的世界
却忘记了,寒鸣终将
被勒住喉咙

腊月雪

多美,开遍了腊月
像从天空倾下的白海
凝结、流淌,释放着沉醉
大片大片的雪花,如涌来的
浪花,当你要伸手过去
它已跳入你的眼帘
清凉凉的,让万物透亮
瞬间,你也能感受到它的呼吸

复活

三个你
躺在橘色的光里
轮到中间那个你,洗梳长发

躺着,宛如大地
面朝不停燃烧着的天
如不择食的小鸟
虫子、谷物,能吃的都是营养
当地站起来,地就是天
房顶上的琉璃瓦,洒满霞光

体温计为什么看不见汞柱
太阳沿着输液杆缓缓升起